pequeNOS

Como um Milhão de Borboletas Negras

Laura Nsafou Ilustrações **Barbara Brun**

Tradução **Luana Almeida**

Adé amava esse jardim colorido.
Enquanto seu irmão mais velho, Lemzo, jogava bola com
os amigos, ela memorizava os nomes das flores.
Ela adorava ver esse arco-íris de flores se estender diante dela:
o roxo dos lilases, o branco dos lírios e dos crisântemos,
o vermelho das tulipas e das papoulas...
Quaisquer que fossem os seus cheiros ou as suas cores,
as borboletas pousavam sobre suas pétalas abertas.

Quando Lemzo chamou:
— Adé, precisamos voltar!
Adé não o ouviu.

Ela observava as borboletas polinizarem o centro das flores, uma após a outra, sem parar.

Fig 2
Tulipas

Fig 4
Ave do paraíso

Fig 1.a
Narcisos

lirios
Fig 1b

Havia três coisas que Adé adorava acima de tudo:
bombas de chocolate, borboletas e fazer perguntas.

Ela era muito curiosa.
Por que a manteiga fica melhor no pão quente?
Por que as maiores flores estão na Martinica?
Por que Yaya, sua prima, faz tranças com fio?

Quando algumas perguntas ficavam no ar por muito tempo,
mamãe sempre tinha as respostas.
Adé às vezes se perguntava se eram todos os adultos que diziam
"eu não sei" ou se sua mamãe era tão bonita e
inteligente que só ela tinha todas as respostas.

Naquele dia, diante das flores, Adé sentiu uma gotinha
cair em seu nariz, depois duas, depois três.

Quando Lemzo se aproximou com Nathan e Zohra, ela ouviu risos.
— Por que vocês estão rindo? — perguntou ela, surpresa.
— Olha o seu cabelo! — disse Nathan. — Eles crescem de maneira
estranha.
— Suas duas tranças sempre parecem cenouras tortas, e na chuva
são ainda piores — zombava Zohra.

— Parem de rir — disse Lemzo. — Venha, Adé, vamos embora.
Seu irmão a pegou pela mão, mas o estrago já estava feito.
Adé colocou o capuz sobre as tranças molhadas pela chuva e sobre as bochechas molhadas pelas lágrimas.

Em casa, Adé se refugiou no quarto de sua mãe.

— Mamãe, eu quero desfazer minhas tranças.
— Mas por quê? Eu achava que era o seu penteado preferido!
— Eu não o quero mais — disse ela cruzando os braços. — Meus cabelos não são bonitos.
— Por que você está dizendo isso?
— Na escola ou no parque, as crianças riem de mim. Elas dizem que meus cabelos são cheios como almofadas, negros como carvão e secos como areia.

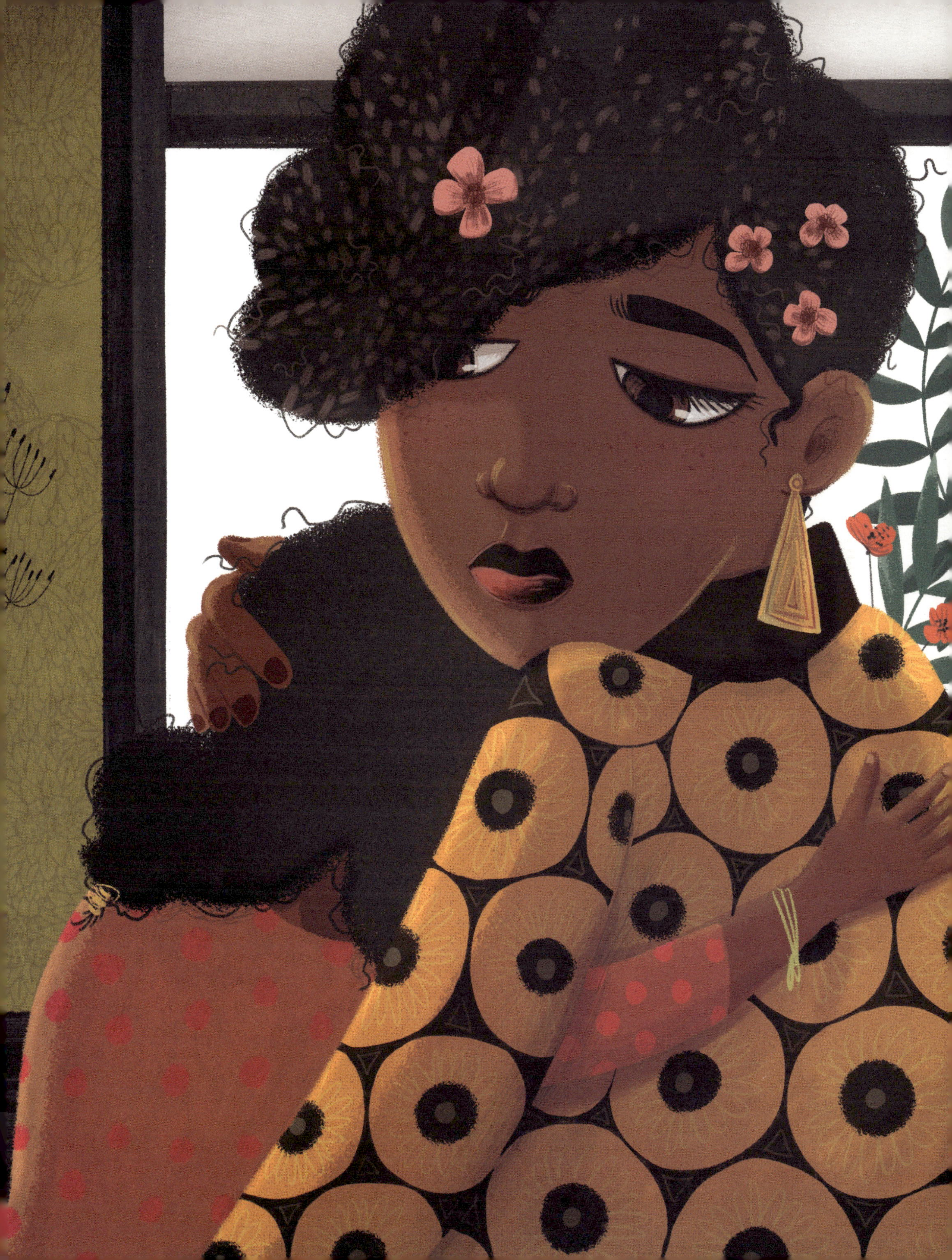

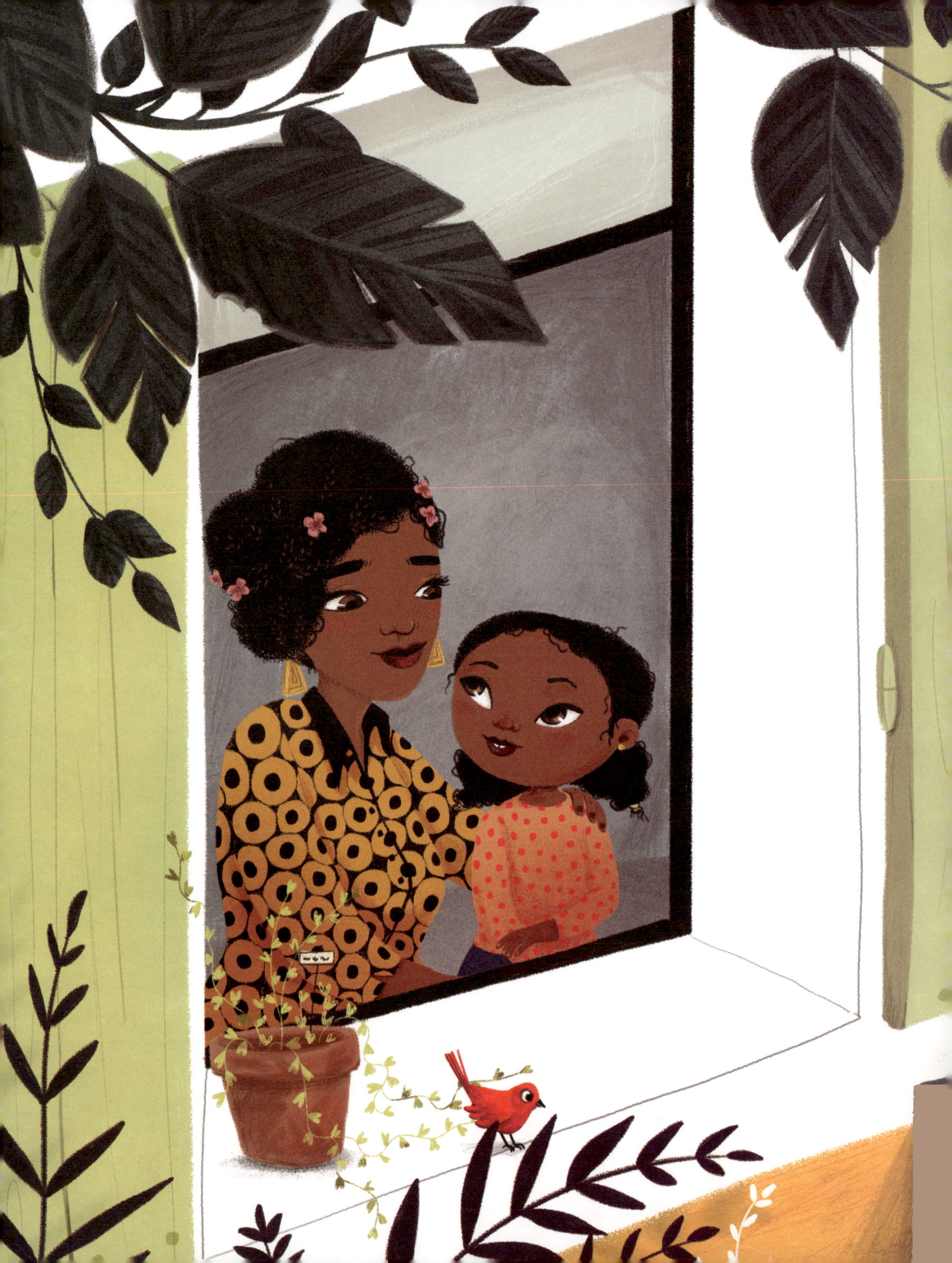

— E você acha que elas têm razão?
— Sim.
— Entendo — sorriu sua mãe. — E eu que pensava que você amasse as borboletas...
— Mas eu amo as borboletas!
— Pois bem, elas não nascem lagartas, cheias como almofadas? Não se transformam em casulos secos como areia? Também não são negras como carvão?
— Sim...
— Então por que seus cabelos seriam tão diferentes?

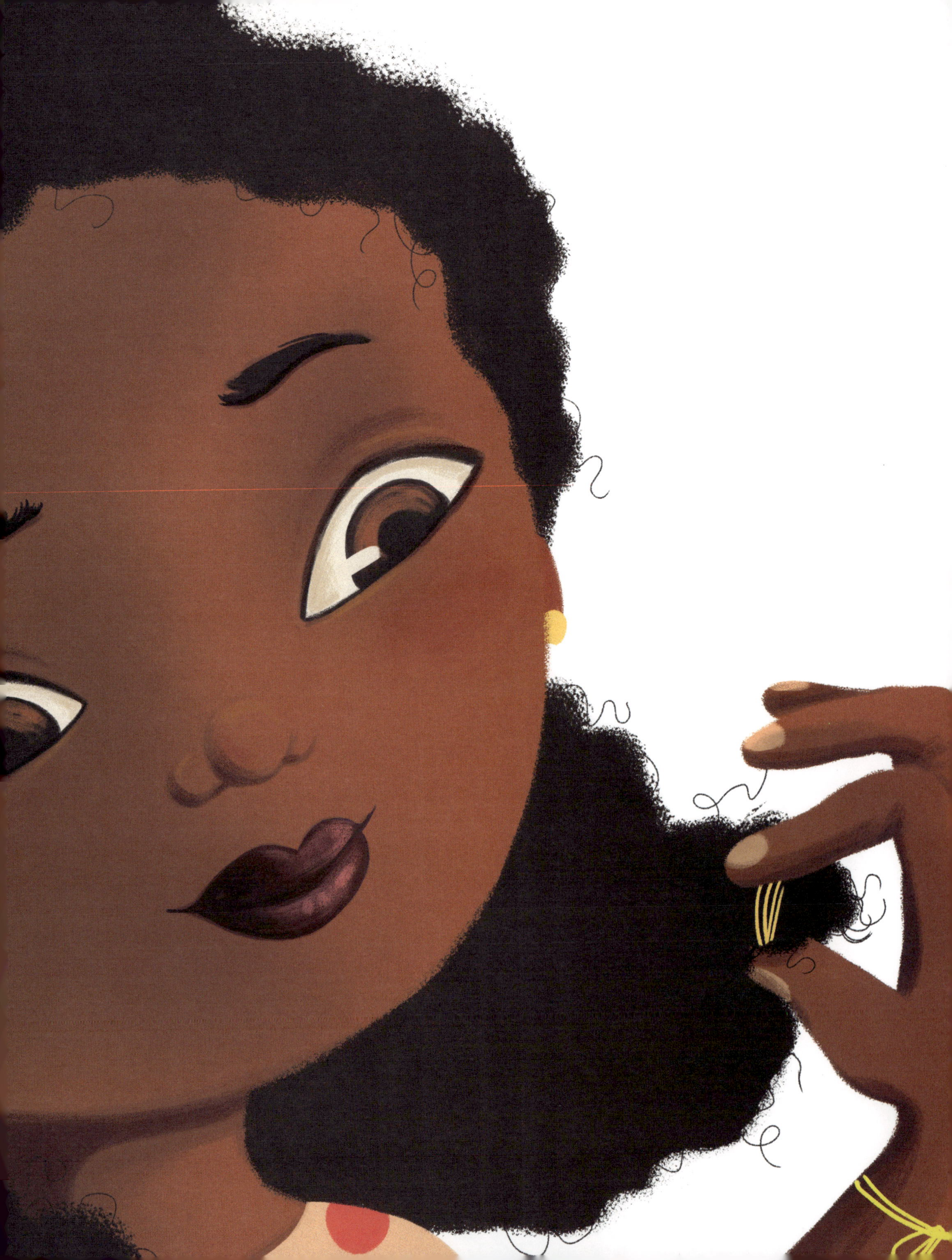

Adé refletiu por um momento.
Se seus cabelos eram tão bonitos quanto borboletas,
por que zombavam dela? Ela tinha dúvidas.

— Se meus *twists* são grossos como lagartas e meus coques são secos como casulos, então meus cabelos são borboletas? — ela perguntou-se mostrando suas tranças.
— Isso é você quem vai descobrir — respondeu mamãe. — Vovó sempre me dizia que o melhor jeito de saber era observar o voo delas.

A pequena Adé sorriu.

No dia seguinte, na escola, ela observou as amigas.
Havia os cabelos sonhadores de Fanny, os cabelos alegres de Yémi e os cabelos tímidos de Abeni.
— Então, para as borboletas, nossos cabelos seriam grandes arbustos? — espantou-se Yémi.
— Se suas tranças são um labirinto, talvez elas tenham se escondido aí — riu Fanny.
— Se isso fosse verdade, você acordaria com borboletas no travesseiro — disse Abeni.

Adé coçou o queixo.
Ela não sabia quem tinha razão.
Mas para descobrir, estava pronta para libertá-las!
Esta noite, ela observaria o voo delas na frente do espelho.

No quarto de sua mãe, Adé se sentou em frente ao espelho.
Ela esperou um minuto, depois dois, depois três, mas nada aconteceu.
— Mamãe, onde estão as borboletas? Elas saíram voando?
— É necessário que elas comam para que abram suas asas.
Venha, dê-me o potinho.
Quando a mamãe de Adé o abriu, um cheiro doce as envolveu.
Ela esfregava o óleo de coco no meio da palma de suas mãos e
espalhava carinhosamente sobre os cabelos de Adé. Como eles
ficavam brilhantes entre os dedos da mamãe!
Ela esperou um minuto, depois dois, depois três, mas nenhuma
borboleta apareceu.

— Eu ainda não as vejo. Elas se esconderam?
Mamãe riu.
— É necessário acariciá-las para acalmá-las. Pegue a escova na gaveta.

Com uma mão, a mamãe passou a escova pela curva do pescoço dela.
Com a outra, acariciou o cabelo crespo em volta de sua testa.
Como seus cabelos eram macios!
Ela esperou um minuto, depois dois, depois três. Nada ainda.

— Mamãe, não há borboletas. Elas desapareceram?
— Não — disse a mamãe. — É necessário vesti-las antes de encontrá-las.
Pegue a faixa de cabelo.

Adé inclinou a cabeça e a mamãe a colocou. Como seus cabelos negros cintilavam com a faixa colorida!
Ela esperou um minuto, depois dois, depois três. Ela bocejou.

— Mamãe, estou cansada. Elas foram dormir?
— É necessário tranquilizá-las para que se aproximem. Você mostrou a elas que as ama?

Como se ama as borboletas? Com óleo de coco? Com uma escova? Com uma faixa? Com o que mais?

Amanhã ela perguntará a suas titias. Enquanto isso, cama!

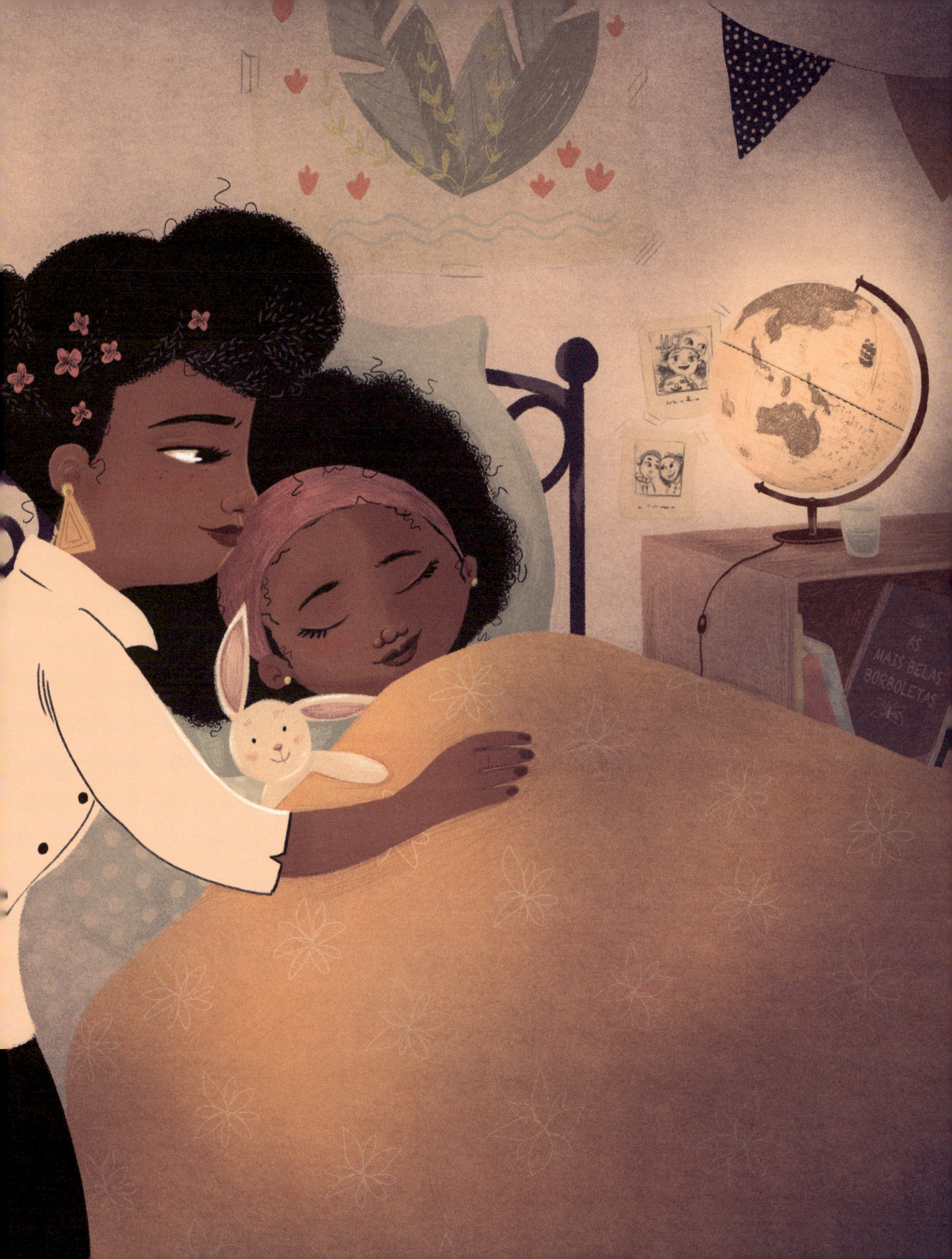
AS MAIS BELAS BORBOLETAS

Na casa da vovó, moravam a tia, a titia e a tia-avó.
A tia usava sempre um coque que parecia um chuchu.
A titia usava minicoques redondinhos como safus.
A tia-avó, a mais velha, tinha os cabelos grisalhos e âmbar como a casca do gengibre. Adé lhes contou o que a mamãe havia dito, depois perguntou:

— Então, como se ama as borboletas?
— Como você acha que o mar do Caribe cria ondas? — interrogou a tia-avó.
— E como o solo africano faz crescer o inhame? — acrescentou a titia.
— E como o céu faz chover sobre as pétalas? — brincou a tia.
— Bem, eu não sei.

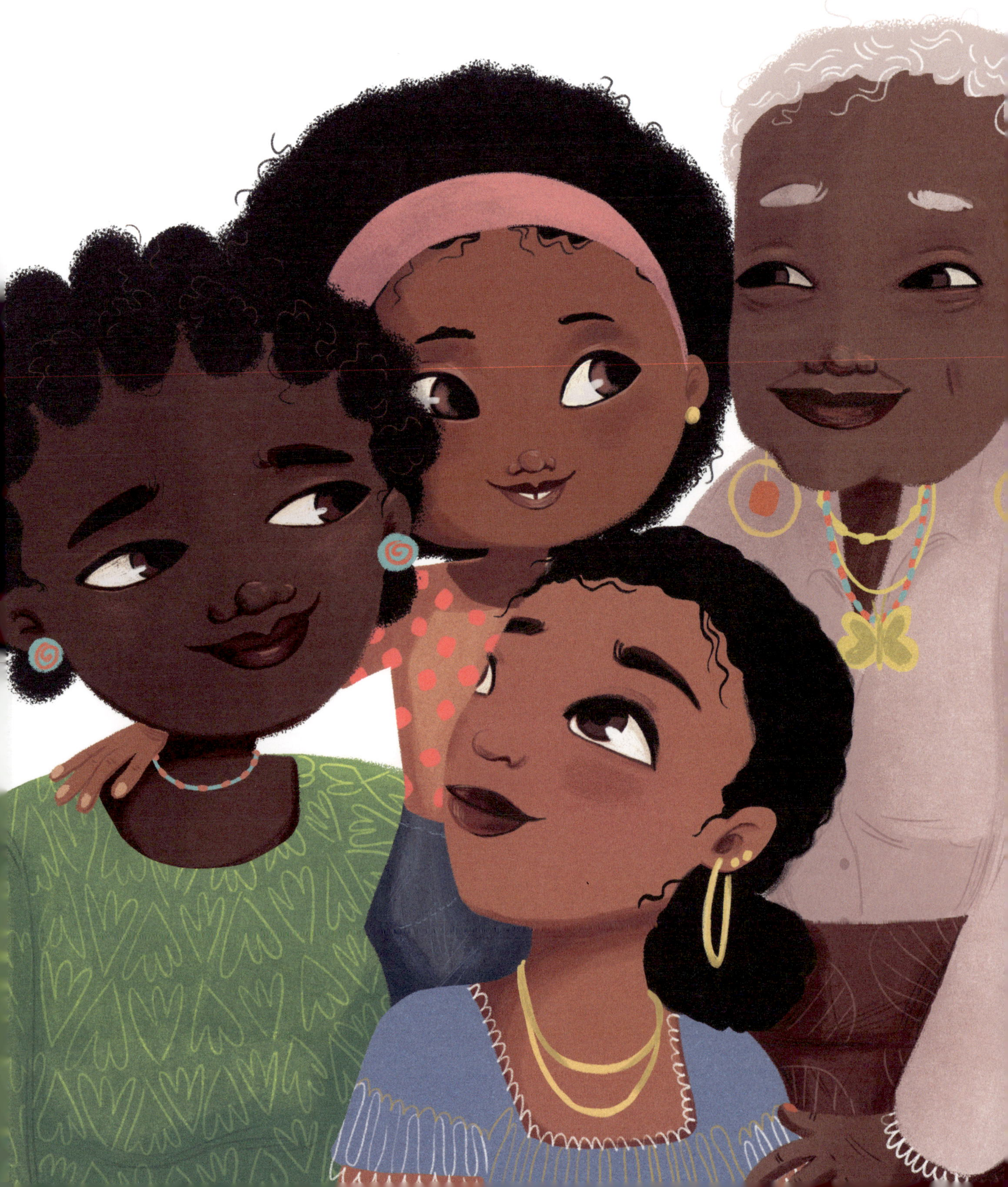

As três tias acariciaram os lindos cabelos de Adé.
— É porque todas essas coisas fazem o que gostam — respondeu a tia.
— Você acha que o mar faria as ondas se ele não gostasse de ser balançado? Que o solo faria crescer todas essas frutas se ele não gostasse de oferecê-las? Que o céu faria chover se ele não gostasse das flores? — perguntou a titia.
— Amar é mostrar aos outros o que nos faz bem — disse a tia-avó. — Para amar as borboletas, faça com elas o que você gosta.

Adé ficou aliviada. Suas tias tinham nascido em continentes diferentes e cada uma delas a amava à sua maneira. Impossível se enganar com suas borboletas quando se ama de tantas formas.

Amanhã ela aprenderá a amar as suas.

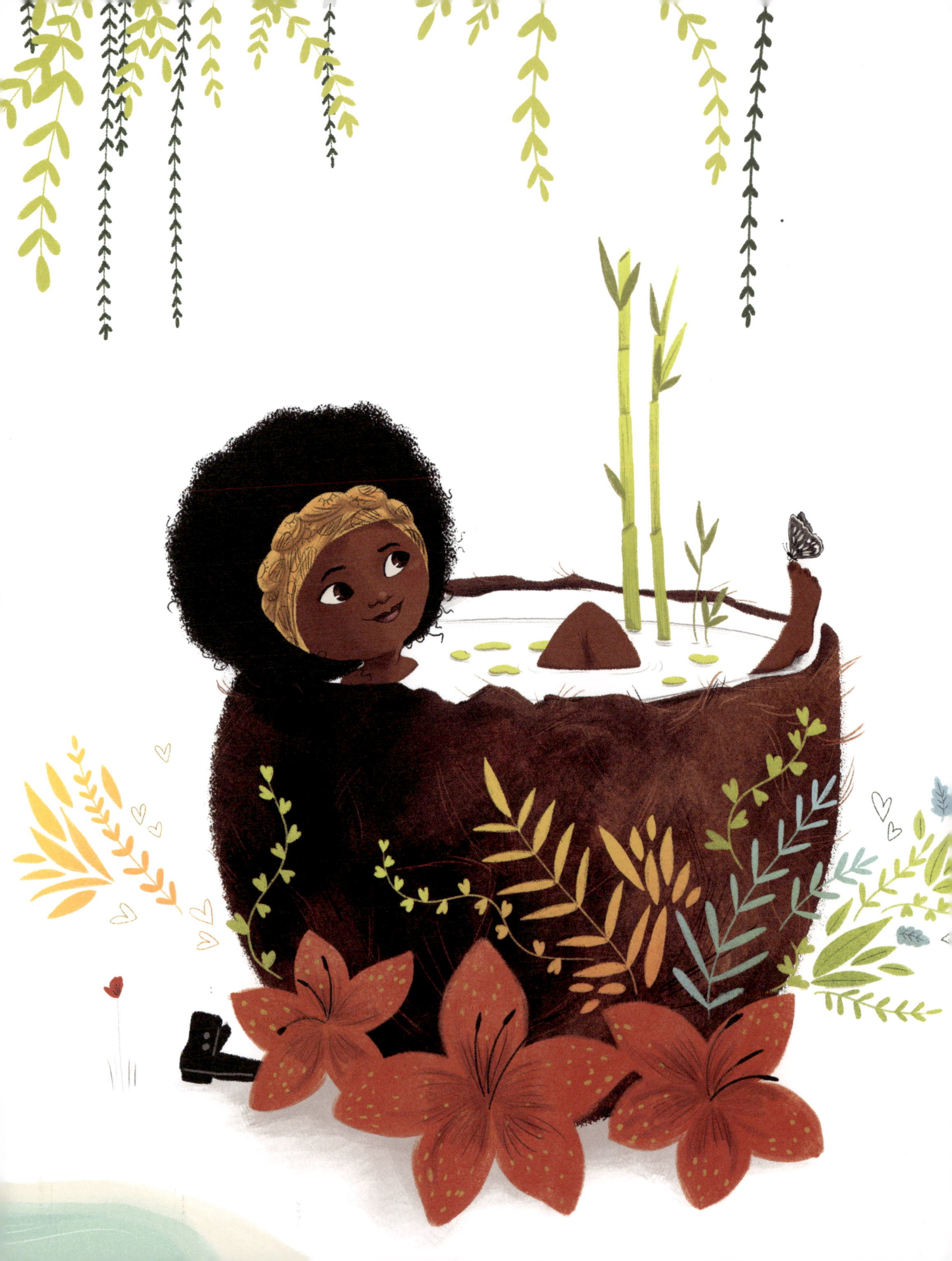

Ela se acomodou sozinha no quarto da mamãe.

O cheiro de coco em seus dedos, a carícia da escova de madeira, a força nas palmas das mãos puxando os seus cabelinhos debaixo da faixa: aconchego e proteção, era isso o que ela queria dar a suas borboletas!

Mais que bolos açucarados, mais que os jardins coloridos, Adé tinha escolhido o que ela preferia: as mãos da mamãe.

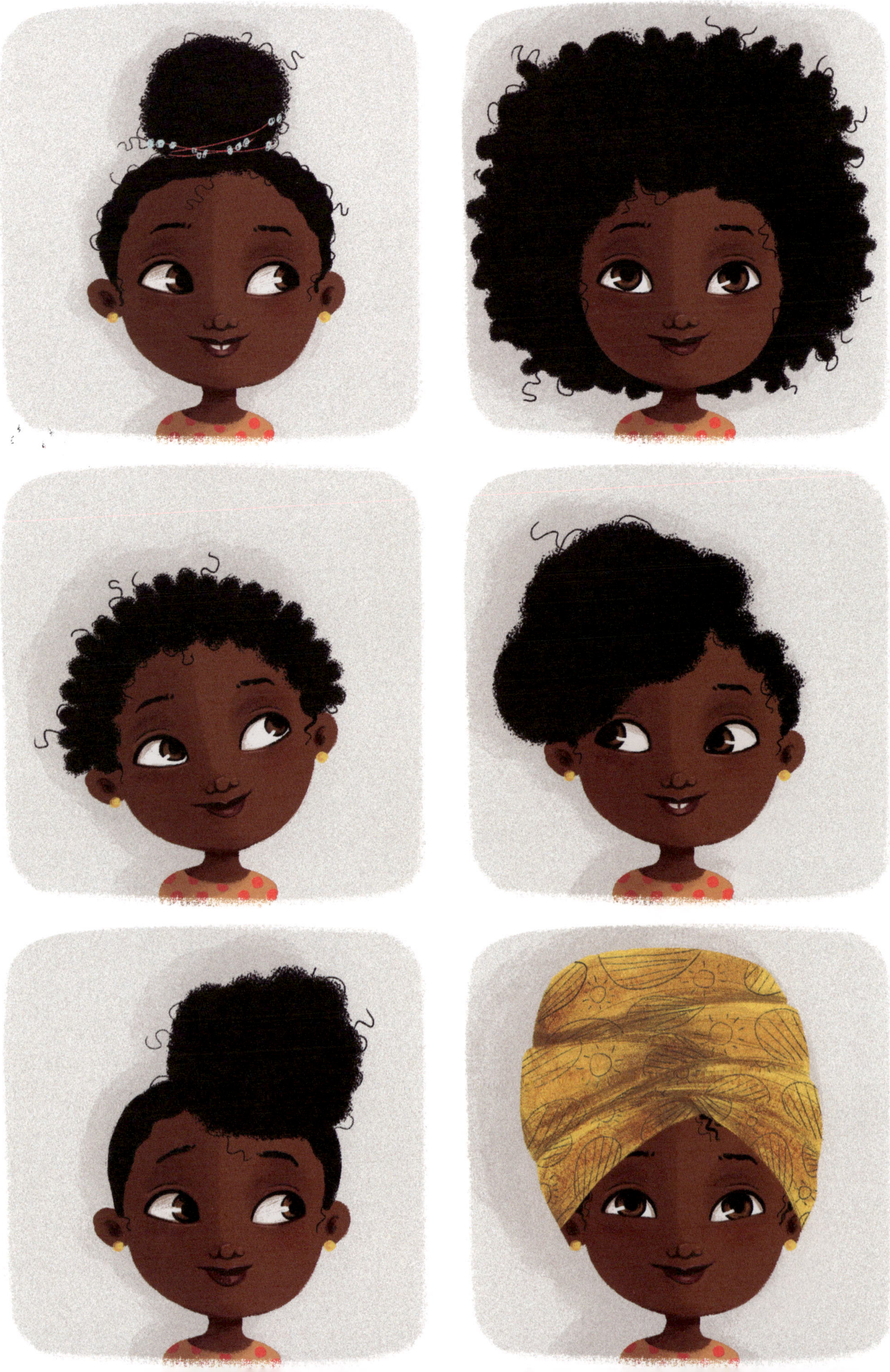

Adé pegou o potinho de óleo de coco, a escova de madeira e a faixinha de cabelo. Ela se penteou por um minuto, depois por dois, depois por três.

Seus cabelos não eram como os de Yémi, nem como os de Abeni, muito menos como os de Fanny. No entanto, ao trançá-los, ao entrelaçá-los e prendê-los, sentiu como era divertido imitar as mãos da mamãe.

Ela admirou o resultado. Seus cabelos estavam penteados, a faixa os envolvia, o óleo os fazia brilhar. Tudo estava perfeito.
No entanto, nenhuma borboleta apareceu. Nem uma sequer.
Não. Em vez de borboletas, ela viu algo muito maior.
Muito mais brilhante. Muito mais impressionante.

Seriam as ondas dos grandes mares
nos reflexos brilhantes de seu cabelo afro?
Seria o mar agitado que ela via, ali no espelho?
Seria simplesmente a beleza de seus cabelos negros?

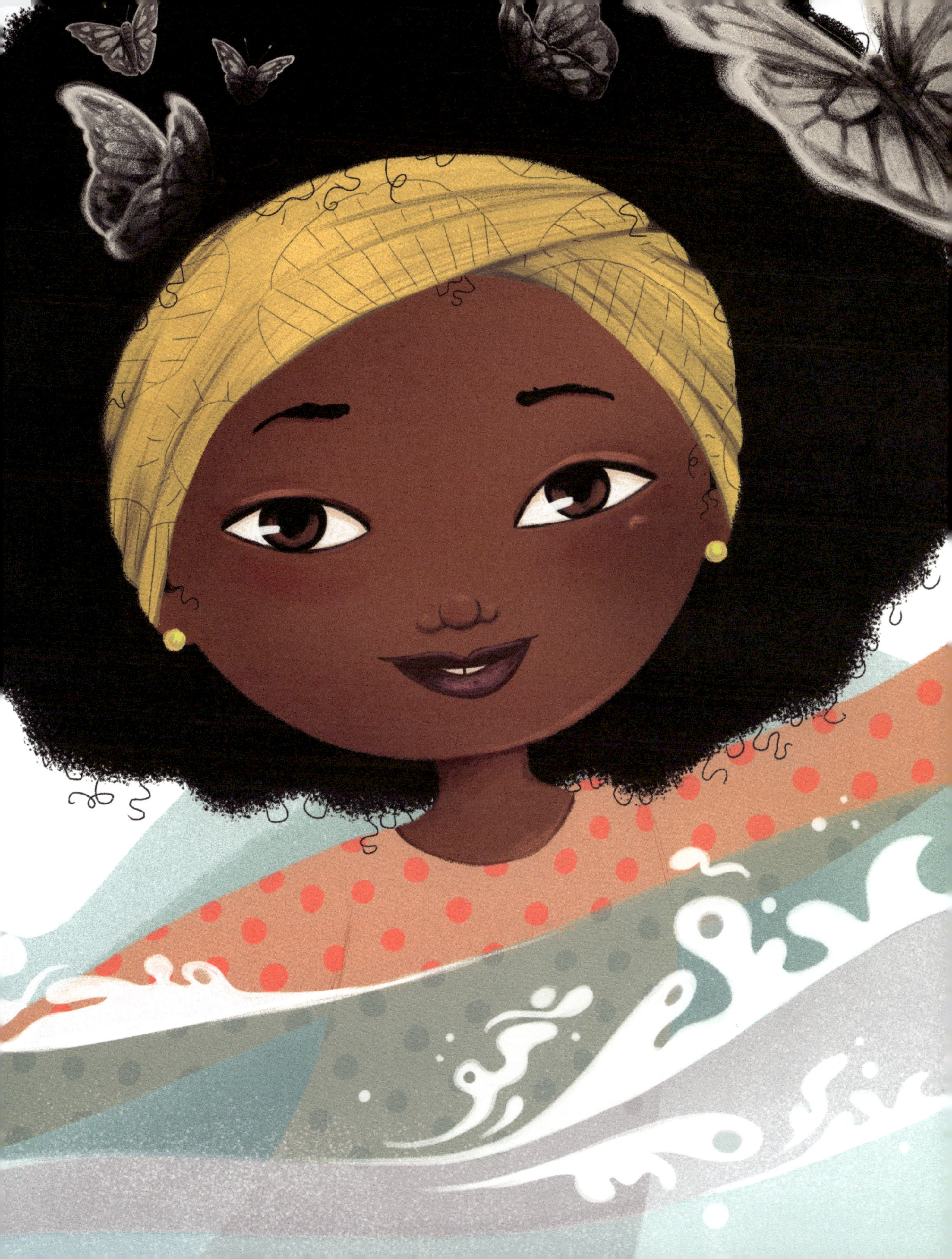

A mamãe de Adé entrou lentamente.
Com suas mãos tranquilizadoras, ela acariciou os cabelos crespos e perfumados de Adé. As duas se olharam no espelho.
— Então, Adé, seus cabelos não são volumosos como os ninhos das borboletas? Negros como as asas delas? Macios como a folhagem que as abriga? Olha, eles estão formando pequenos redemoinhos essa noite.

Como o voo de um milhão de borboletas negras.

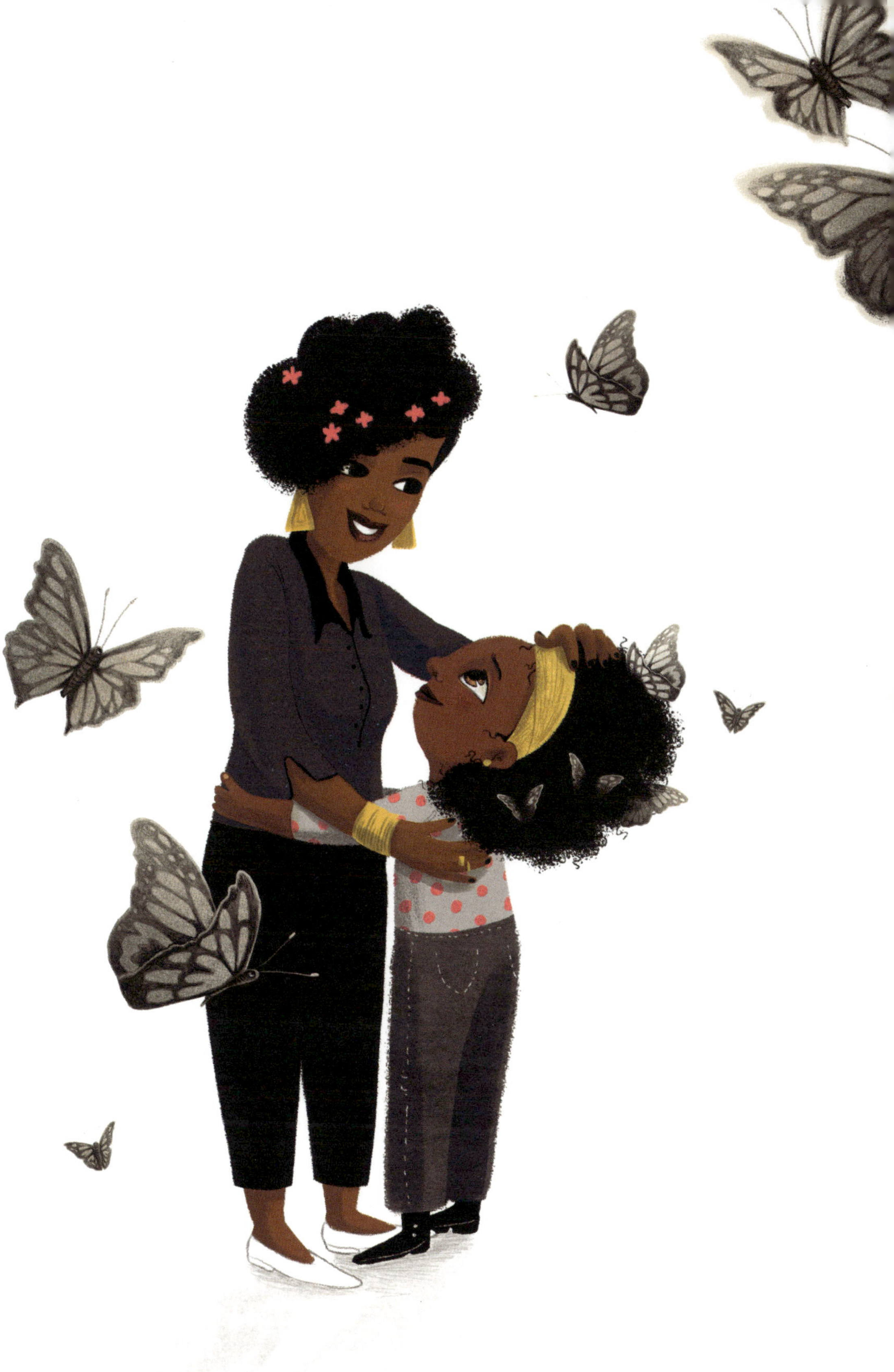

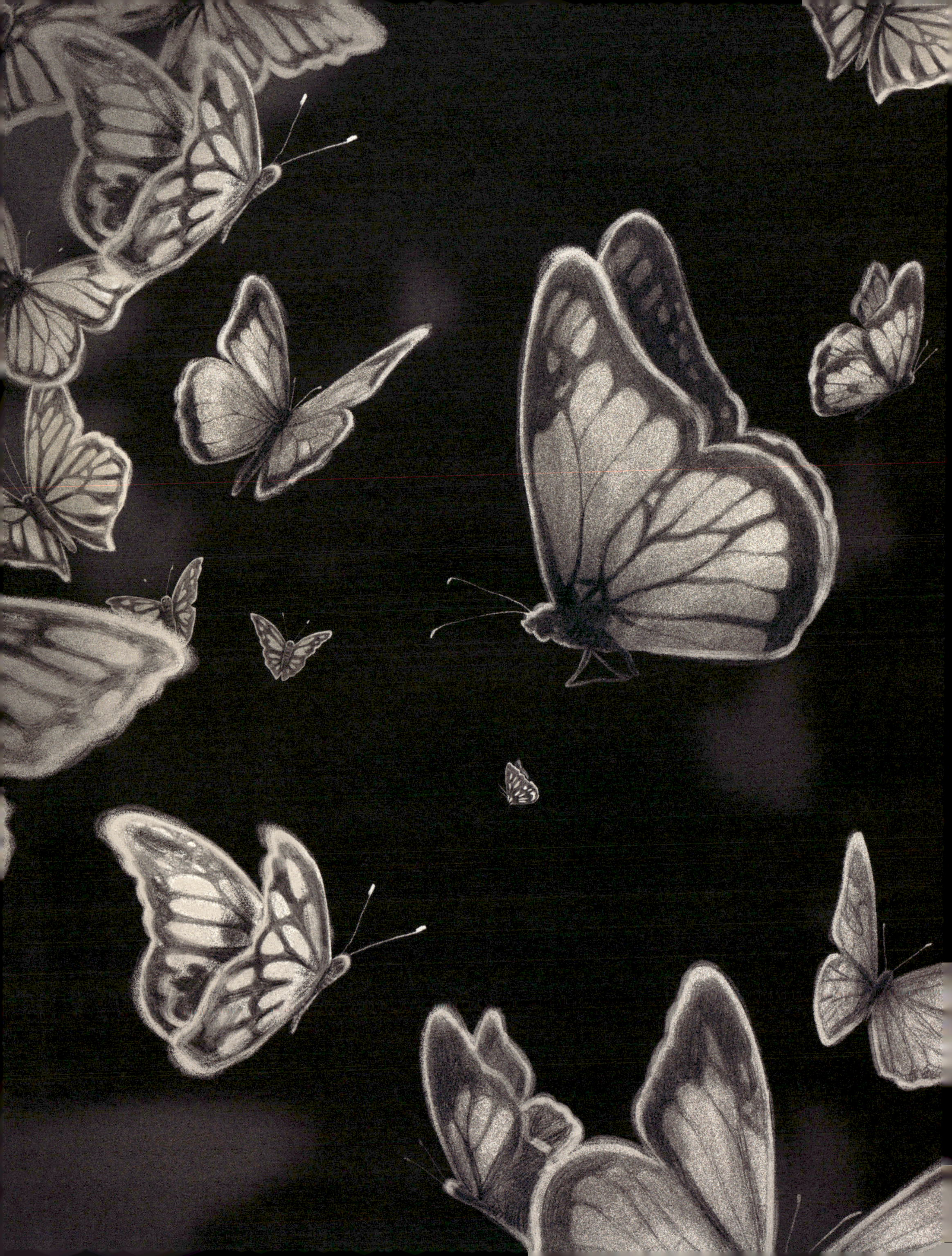

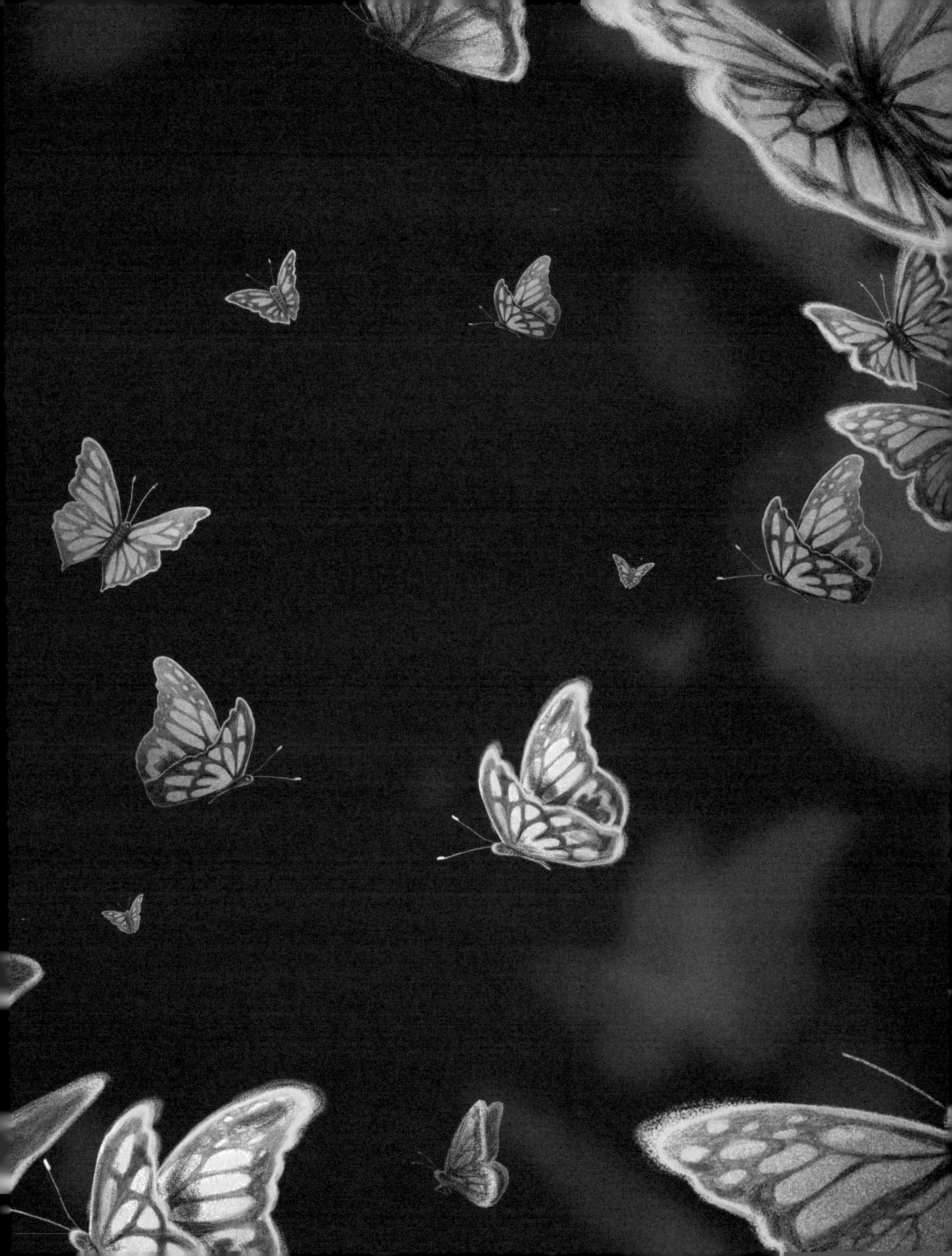

Sobre a autora

Laura Nsafou é escritora e blogueira afrofeminista. Em seu blog, *Mrs Roots*, ela discute questões relacionadas ao afrofeminismo na França e à visibilidade da literatura afro. Ela estuda a falta de representatividade na literatura francesa, atuando em sua plataforma (mrsroots.fr) e na realização de vários projetos culturais (oficinas de redação, reuniões, oficinas para crianças etc.).

Sobre a ilustradora

Barbara Brun sempre desenhou. Ela passou a adolescência em Nantes, na França, onde estudou Comunicação visual e Artes Gráficas. Alguns anos depois, suas convicções ecológicas a levaram para o campo. Em 2009, publicou seu primeiro livro infantojuvenil. Em seus livros, Barbara faz uma abordagem delicada e poética dos temas de autoaceitação, respeito, exílio e questões ambientais.

© Editora Nós, 2023
© Éditions Cambourakis, 2018

Direção editorial **Simone Paulino**
Coordenação editorial **Renata de Sá**
Assistente editorial **Gabriel Paulino**
Preparação **Lucília Teixeira**
Revisão **Alex Sens**
Adaptação de projeto gráfico **Bloco Gráfico**
Assistente de design **Stephanie Y. Shu**
Produção gráfica **Marina Ambrasas**
Coordenação comercial **Orlando Rafael Prado**
Assistente comercial **Ligia Carla de Oliveira**
Assistente de marketing **Mariana Amâncio de Sousa**
Assistente administrativa **Camila Miranda Pereira**

Dados Internacionais de Catalogação na Publicação (CIP)
de acordo com ISBD

N961c
Nsafou, Laura
   Como um milhão de borboletas negras / Laura Nsafou
   Ilustrações: Barbara Brun
   Tradução: Luana Almeida
   1ª ed. São Paulo: Editora Nós, 2023
   40 pp., 18 ils.

ISBN: 978-65-85832-01-4

1. Literatura infantil. 2. Literatura francesa.
I. Almeida, Luana. II. Brun, Barbara. III. Título.

                                                CDD 028.5
2023-2711   CDU 82-93

Elaborado por Odilio Hilario Moreira Junior, CRB-8/9949

Índice para catálogo sistemático:
1. Literatura infantil 028.5
2. Literatura infantil 82-93

Todos os direitos desta edição reservados à Editora Nós
Rua Purpurina, 198, cj 21
Vila Madalena, São Paulo, SP | CEP 05435-030
www.editoranos.com.br

Fonte **Eames Century Modern**
Papel **Alta Alvura 150 g/m²**
Impressão **Margraf**